开往春天的小火车

魏存威 著

朝華出版社
BLOSSOM PRESS

图书在版编目（CIP）数据

开往春天的小火车 / 魏存威著. -- 北京：朝华出版社，2025.1. --（诗汇百家）. -- ISBN 978-7-5054-5620-4

Ⅰ. I227

中国国家版本馆 CIP 数据核字第 2025TV9192 号

开往春天的小火车

作　　者	魏存威
选题策划	李　瑶
责任编辑	葛　琼
责任印制	陆竞赢　訾　坤
装帧设计	悟阅文化

出版发行	朝华出版社		
社　　址	北京市西城区百万庄大街 24 号	邮政编码	100037
订购电话	(010) 68995509		
联系版权	zhbq@cicg.org.cn		
网　　址	http://zhcb.cicg.org.cn		
印　　刷	成都市兴雅致印务有限责任公司		
经　　销	全国新华书店		
开　　本	880mm×1230mm　1/32	字　数	114 千字
印　　张	6.75		
版　　次	2025 年 1 月第 1 版　2025 年 1 月第 1 次印刷		
装　　别	平		
书　　号	ISBN 978-7-5054-5620-4		
定　　价	65.00 元		

版权所有　翻印必究·印装有误　负责调换

那些漫长的守望

对于诗歌，我一直是热爱的，这让我心中有爱，眼里有光，让我对世界充满信心。"人禀七情，应物斯感，感物吟志，莫非自然。"我赞同"诗歌的使命在于以真情实感打动读者"这个说法，在具体的写作中，我也是这样探索的，尽管这个探索的路程无比寂寞、无比清冷，甚至格外漫长。

记得在读初中的时候，班主任老师常跟我们讲，他有个学生出色得很，在高中时代就开始写小说了，这让我心中萌生起一丝对文学的敬仰。一九八八年，在重庆读书的时候，我想到自己毕业后会进入工矿区，可能很多时候要同工人兄弟打交道了。工人是值得歌唱的阶层，自己要是能用文字写写他们该有多好，但那时候我对文学包括诗歌的了解是相当粗浅的，于是我开始在课余时间涉猎这方面的知识。

当时，我在学校图书馆里找了本《诗经》，囫囵吞枣读起来，之后加入了学校学生自发组织的文学社，记得好像参加了几次活动，还写了几行诗，具体写的是什么，已经想不起来了，直到十七年之后的二〇〇五年，我才开始在业余时间里尝试诗歌写作。我一直记得这个日子，二〇〇五年十二月三十一日，在新的一年即将来临的前夕，家乡的市级报刊《雅安日报》副刊刊发了我的处女作——《冬至》《记忆》两首小诗，让我初次尝到了诗歌写作的快乐，让我仿佛看到了诗神在远方若隐若现的呼唤。《冬至》是对大地母亲的一缕感怀，《记忆》则是对重庆市歌乐山的前世今生的一曲小唱。这以后，虽然工作单位多变，生活的琐事让人疲惫，自己始终没有停下过前行的步伐，始终努力以忧患之心、以同情之笔行吟世界，无论风雨。有一年，我在冰雪正在消融、春天即将来临的时候登峨眉山，在等候上山缆车的时候，看到候车室墙面上贴的一幅画。画面上一列火车满身披着雪，而它的前方是无比温暖的春日景象，这是一幅多么让人充满憧憬的画呀！面对无限美好的春光，我们不单需要有走近春日暖阳的脚步，我们还需要有发现明媚春光的眼睛，还需要有描绘春之俏丽的画笔，我希望行吟的我能成为这支笔。

近二十年的时间里,我在前十几年中的写作比较少,近两三年的写作要多一点。我从近二十年的笔端留痕里挑选出一部分,汇成《开往春天的小火车》这本集子。集子分五辑,辑一着重故土情愫,辑二侧重乡风乡景,辑三主要抒写羁旅情怀,辑四重点抒写行游印痕,辑五大多抒写日常心绪。看着这些从生活中跌跌撞撞走出来的文字,自己心中有一种如释重负的感觉——终于可以给过去的抑或说将要来到的岁月画一个符号了,而且是以诗歌的名义。

诗歌写作,是一种坚守。诗歌写作的过程,不单是基于发现和审视内心情感进行文字创作的过程,也是自我约束、自我净化、自我提高的过程。在这个过程中,我感受到了不断发现自我、超越自我的甜蜜,感受到了歌唱抑或批判的快意。

当然,除了真情,诗歌还得以艺术征服人心,而艺术无止境,需要不断进取。我希望自己在业余时间里对这个春光世界里的爱与恨、情与思、歌与泪的诗意探索能体现一点独特性,即便前路漫长、步履蹒跚,我也将始终守望、不辍行吟。

魏存威

二〇二四年十月于雨城

目录
CONTENTS

辑一 你语如轻风

002 | 秋思

004 | 父亲

006 | 母亲

009 | 致母亲

016 | 祭母帖

018 | 今夜,我回到唐朝

020 | 阳光

021 | 日子

023 | 故乡

025 | 故乡已瘦

027 | 马尾松针

029 | 妹妹的柑子地

030 | 弟弟，我们春天再见

032 | 弟弟的世界

035 | 柚子熟了

036 | 藕塘村

038 | 蔬菜歌（组诗）

042 | 想起一群麻鸭

043 | 断臂的雄鹰

045 | 故乡的风

辑二　石的信仰披着月光

048 | 金凤寺

050 | 张家山

052 | 兰家山

054 | 上里古镇

055 | 泥巴山（组诗）

058 | 夹金山情思

060 | 达瓦更扎的雪

062 | 周公山的雪

064 | 桢楠王

065 | 灯光是夜幕点缀的星宿

066 | 桃花岛

068 | 雅职院运动场

069 | 我是你的山寺

071 | 龙门镇剪影

073 | 青衣江的黄昏

075 | 上坝路邮亭

077 | 上坝路包子铺

079 | 进山记

081 | 雅鱼塔

082 | 在雅安飞仙关

辑三 我有一双明亮的眼睛

086 | 开往春天的小火车

087 | 老同学

092 | 盲琴师

093 | 卖肉匠

094 | 不变

096 | 石厢子

03

099 | 今夜，跑来一群人

102 | 时间爬过斑马线

104 | 驿马河

105 | 给你，秃鹫

106 | 守岁

108 | 给谢幕的你

109 | 花岗石板

110 | 位置

112 | 消息

113 | 雨

114 | 木茶盘

116 | 一场意外

117 | 给

119 | 阳光正好

辑四　在你面前我的泪水全无

122 | 涠洲岛

124 | 在涠洲岛我有个愿望

126 | 登华山记

128 ｜ 南山时光

129 ｜ 世界漂浮着不可预知

131 ｜ 雪印

133 ｜ 四姑娘山的水

135 ｜ 双桥沟

137 ｜ 米亚罗有些羞涩

138 ｜ 塔公草原

139 ｜ 蜀南心事绿成海——给远足的你

141 ｜ 这一刻

142 ｜ 乡音如粟

143 ｜ 雪，我又一次看到你的身影

146 ｜ 出发

148 ｜ 你是一片海

149 ｜ 渡过海不过是扬起一张网

151 ｜ 蚂蚁

152 ｜ 你是一粒枕着夜曲的沙

153 ｜ 布鲁维斯号

154 ｜ 在你面前我的泪水全无

155 ｜ 遇见

157 ｜ 为海鸥而作

辑五 我的梦一池涟漪

160 | 春天里（组诗）

164 | 面对春天的信誉

166 | 谷雨来了

167 | 给我一滴雨

168 | 楼顶上

170 | 百香果

171 | 蜡梅落

172 | 满天星

173 | 楼顶，有一场过往

174 | 看花人有些白

175 | 端午记

178 | 新的一天

179 | 蓝月亮

180 | 九月

181 | 深秋

182 | 冬至

183 | 空调

184 | 记忆

185 ｜我们面对面交谈

187 ｜等待一条河流经过

189 ｜黄蜻蜓

191 ｜桂花

193 ｜收藏

195 ｜路边的金弹子

196 ｜油桐

197 ｜桂花开了

辑一
你语如轻风

院坝,以一种张扬的姿势

晒着妹妹背回的秋天

母亲和我

坐在金色的边缘

执手相看

——《母亲》

秋思

秋草已黄
你的阳台无树也无秋草
如果母亲在
那盆芦荟该有多绿
想起这些
你心里的忧伤便翻涌如浪

你的堤岸
纵有千道刀伤
想起母亲
你就成了门槛上
那个托腮的少年
眼里放出亮光

太阳在山顶燃烧

母亲的行囊

从山那边归来

荷叶层层

藏不住荞馍的芳香

最是那一声甜绵的呼唤

瞬间晴照你的心房

二〇一七年十月十日

父亲

十月
阳光熟成金黄色的十月
父亲走了
穿着一身蓝布衣服
带着满眼的村子,走了

那一天
天突然下起雨
父亲走进另外一片天地
去过一种
不同于打谷子和摆龙门阵的新生活

我们几兄妹
送父亲到山上,雨里飘洒着忧伤
父亲却没有回过头来看看我们

那一身蓝布衣服，在十月
一步一步走远
走向他
多年前在山上开垦的一块土地

天空飘着雨
地边的松树啊
静静地站在父亲的身旁
这一次，父亲真的如流星样走了
留下母亲的两眼枯井
也留下一坡酸甜的柑子地

二〇一二年十月十八日

母亲

院坝,以一种张扬的姿势
晒着妹妹背回的秋天
母亲和我
坐在金色的边缘
执手相看

午后,没有风语
暖阳从竹缝中伸出千万双手
抚摸母亲满头的雪
岁月的苍狗
打着醉呼噜
一把被苍狗啃弯腰的椅子
倚着枯藤样的母亲

母亲,你语如轻风

你的两眼枯井

闪出几滴星光

"没有法子了?"

"日子长着呢!"

母亲,请原谅我第一次说狼来

我想说

我怎么才回来

给你这个午后

然而

母亲

你说你好幸福

你的眼睛笑成月牙

母亲,我想为你剪去一生的伤痛

你为两儿四女

沥尽五十多个年轮的心血之后

你成一片霜叶

飘飞在那块山坳间

伴你同去的

还有你说不完的神话

母亲,你看看河边的那道崩岩吧

你说,崩岩不再垮塌时

河里的宝藏就会安宁

母亲,让我传下去你的神话

可从此

你藏在我心里

我在痛楚中审判自己

二〇一三年五月八日

致母亲

一

母亲，儿子今天又要出行了
多想你和我一起
儿子挽着你的手
犹如你挽着我儿子的手
慢悠悠地走在路上

二

母亲，今天是端午节了
要是你在
那该有多好
父亲、大姐、二姐、三姐……
你的六个儿女，还有他们的儿女

挤满三大圆桌
吃粽子、摆龙门阵
该是多么热闹、欢快

三

母亲，你还记得吗
一九八八年的秋天
在所有的稻谷归仓的时候
儿子第一次远行求学
你掏出一叠皱巴巴的钱递给我
儿子捧在手里难以迈出脚步
足足有二十元
它们比一背篼谷子还重呀

四

母亲，你的牙齿还好吧
你的腿脚不酸痛了吧
你躺在那片角落里

天天望着那条河流
河流年复一年，夏长冬瘦
你不觉得单调吧

五

母亲，你还记得你对儿子的叮嘱吧
"这是你妹妹，你要爱护好。"
"他是你父亲，你要多尊重……"
你的每一次叮嘱都是清醒剂
都是儿子成长路途中的及时雨
这些年来，儿子多么羞愧呀
儿子得到的太多
却不曾给予你、父亲
还有姐姐、妹妹、弟弟一点儿帮助

六

母亲，你是否还记得
你为了减轻儿子的负担

在这座你无比陌生的城市
起早摸黑
帮助带你儿子的儿子
每天很晚了
你都要把轩儿的衣服洗完后才去睡
不识几个字的你
和轩儿在房间里堆字母积木的情景
我一直记在心里
你哪里来的耐心
和你的孙儿一玩就是一整天呢

七

母亲,我一直很奇怪
你咋记得那么多妖魔鬼怪的故事呢
"涨水时龙王爷会出来。"
"忤逆要遭雷劈。"
听得我既好奇又害怕
小时候的我实在太调皮、太捣蛋
但每一次打雷后我都会温顺一点儿

都会把你讲的话记牢一点儿

你记性那么好,又那么勤奋
如果外公家里经济好一点儿
如果你不是留在家里劳动供舅舅读书
如果你到学校多读一些书
你的命运会是什么样子呢

八

母亲,你不知道吧
院坝里的那些婆婆
时不时就谈起你、问起你、想起你
她们说你的手法好
只要你按摩过的地方就不会痛
儿子很奇怪
你和外公在一起的时间并不长
你的推拿技术咋学得那么好呢
你那么瘦削的身体哪来的劲儿
把那些婆婆照顾得那么到位呢

九

母亲,你一生辛劳,不曾轻松
你和父亲徒手搭起一个家
产后十多天就下田打猪草
大清早就背着豆子到市场上卖
一个土豆接着一个土豆
一窝青菜接着一窝青菜
一个南瓜接着一个南瓜
一天接着一天
一月接着一月
一年接着一年
你就这样一个接着一个
把六个儿女拉扯大
直到你干如枯草也未曾停歇

十

母亲,你常对儿女们说

"人不能闲着。"

"日子要多走多尝。"

在你离开我们后的第十五个端午节

儿子准备去天险华山走一趟

母亲,你不要担心

这是一个无比方便的时代了

看山看水只要带颗热心就行

你是喜欢看山看水之人

那年,你背着背包去朝拜乐山大佛

你带回来一句话:为善最乐

是呀,常做善事心清净

这么多年来,儿子虽然一路跌跌撞撞

却从未忘记你的叮嘱

只是儿子不知道

该从华山带些什么回来给你

二〇二四年六月上旬

祭母帖

我的母亲,长年默坐在山坳里
她不同我说话,我也怕同她说话
不管有事无事,我总想起她
镰刀、锄头、背篼
南瓜、洋芋、玉米
胶鞋、蓝布、白帕
哦,我的母亲
想起你的世界
我总感到一缕甜蜜的忧伤

母亲,这是二〇一九年的第一个黎明
我在零下两度的晨光里看到你的眼睛
十年的雾色苍茫
你的眼睛是否还看得清你身旁的一抔花草
母亲,想起你的花草

我的心如镰刀划割

我只是在清明抑或大年三十

才奔向你默坐的地方

啊,母亲,还有你身后的鸡㙡菌也找不到了

白蚁已流落他乡

母亲,我已瘫痪在钢筋水泥的世界里

请收留我吧

我要回来和你一起

缝补那朵甜蜜的忧伤

二〇一九年一月一日清晨

今夜，我回到唐朝

今夜无眠
我做了不少事
我做了什么
我记不清了
但我知道
我会见了三十年不见的朋友
我们住在一个院坝里
我们在一瓶老酒里回到了唐朝
我们醉得找不到东市、西市
找不到早朝的地方

今夜无眠
我从唐朝里归来
我的长安没有人
妻子在追赶蓝色的浪花

儿子在搭建生僻的分子式
我在做什么
我不知道
但我知道
我回到了家里
我的唐朝无比宁静

    二〇一八年五月十一日

阳光

清晨,我总爱把打开的窗户关上
而你,总爱把关上的窗户打开
我说:亲爱的,外面是座雨城呀
风雨随时都会飘进来
陪伴我们三十年的木地板
经受不住太多风吹雨打
你说:亲爱的,不要担心
打开窗户,阳光才会进来
才会消灭螨虫,才会补钙
亲爱的,我终于破解三十多年的谜题
你一上床就睡着,我一到半夜就惊觉
——心里装着阳光的人是不一样

二〇二四年五月二十一日

日子

如果你觉得

日子淡成一碗清汤

诱不出一点儿食欲

那么我告诉你

别到街上瞎逛

回家去

用深情点起篝火

将昨天腌成腊肉

今天酿成美酒

明天雕成画舫

也许你忘记了拌些生粉

甚至还炒老了红椒

但这些都不重要

在锅碗瓢盆的合奏中

你会发现

保鲜的秘方

二〇一二年八月十五日

故乡

一

故乡的清晨是部交响乐
一只小鸟憋不住一夜的宁静
啄响青杠树的一个琴键
弦乐里一架战斗机垂直拉升
惊落一竹笼的露滴

二

天空是一张巨大的蓝布
蓝布之下，大地铺开一盘棋局
棋盘之上，车如流水马如龙
只要兵不过河，炮不翻山
河流两边总是风吹稻花香

三

小溪是一首婉转的夜曲

披一身星星朝山那边走去

月亮是母亲点燃的长明灯

无论夜有多长、多深

总皎洁在游子的梦里

二〇二四年六月二十五日

故乡已瘦

冬至过后
你便开始数九
数一天,寒冷便少一天
你离故乡就近一步

故乡
你怀揣的一本小人书
木屋里大红公鸡脆生生地报晓
田埂上冬棉花柔柔的白
暮色里回锅肉鲜嫩的蒜香
现在都翻不见、找不到了
故乡越来越瘦

故乡已瘦

瘦如母亲那张薄薄的鞋垫

瘦如父亲那根黑黑的烟斗

      二〇一七年十二月二十九日

马尾松针

一个季节的结束
以一场飞翔的形式展现
一叶接一叶
一树接一树
老屋背后的林子
马尾松纤细的金身归来

一把接一把
一背接一背
老屋旁边的柴棚
实现从空虚到殷实的蜕变
母亲用竹耙和背篓
完成对寂寞、枯败以及零落的收容

"回来啦!"

夕阳里那一声柔软的呼唤
伴随岁月的风车回旋
像一根马尾松针
飘过老屋破旧的蜘蛛网
轻轻落在你满头的雪上

二〇二四年三月三十一日

妹妹的柑子地

走进秋天的柑子地
枝丫挤满孩童红扑扑的脸蛋
轻轻走过,轻轻说话
我生怕碰落妹妹甘甜的秋天

妹妹摘一个柑子给我
我紧紧握在手里
像握住丢失多年的童年

二〇二四年一月十二日

弟弟，我们春天再见

弟弟
秋草又黄了
可否在这条清白的河边
和你喝一瓶酒
你说你没有心情
我其实也没有心情

弟弟
你从打箭炉提着行囊归来
在那块山头拾掇几片叶子
叶子纷飞，清爽多少行客
你依旧苦涩
于是，你走
犹如芦苇头上顶着雪

弟弟

你说你要到另一条江边去

你会重整行装

你会回到你挥扬过叶子的那片山头

哦,冬天已经来了

一场白仿佛如约而来

弟弟

再见

我们春天再见

在你的小铺前喝酒

看春风拂过

那棵银杏树的影子

二〇二一年十月二十六日

弟弟的世界

今夜
我没有我的世界
我在隔壁的呼噜声里打开弟弟的世界

一张桌子、一间老屋
弟弟的世界曾在我的眼皮底下
我只要向父亲、母亲一张嘴
不管野多远
弟弟立马就会回到我的世界

我和弟弟曾走进同一座城市
但他干什么我不知道,他也没时间告诉我
我和弟弟离得很近又隔得很远
直到有一天,他走近我说他要远去
我知道这一天迟早会来临

从此弟弟走在我心里

大学毕业的弟弟当过推销员
他走南闯北,走在别人的世界
卖酒、卖皮鞋,没有卖出自己的世界
他说要远行,要去找出他的世界

弟弟在打箭炉吆喝起他的生活
在那片冷风如刀的山沟里
他吆喝出他的妻子
吆喝出两个儿子

好久不见,我以为弟弟会摆起他的铺子
摆起他的苦难,摆起他的不容易
但这些他都只字不提
他说起了三皇五帝
摆起了四书五经
他说的这些我不太懂
他一说起来便唾沫四溅,忘了世界

弟弟的世界我不懂

我很高兴弟弟讲起他的世界

二〇一六年九月六日凌晨

柚子熟了

秋天的重量
挂在一棵笔立的柚子树上

柚子熟了,一个挨着一个
埋伏在叶子下面

压弯枝条的声音,像鸟儿啁啾
土地的赐予是沉甸甸的柚子
如一朵彩云,缀满秋天的果园

二〇二四年一月十三日

藕塘村

藕塘村，已经改了名字
我的电脑里还装着一些它的身世
腊月的风是晶莹剔透的剑
叶儿粑的绿色外套在炊烟里招展
那是气柑树层层排列的叶在做最后的操练
春天的野径长满带刺的蔷薇
一张张白皙的脸蛋在针尖上微笑
墨绿的松涛是夏天的主题曲
当金黄的稻谷在秋天里沉默
鸡冠红的朝阳、糯米白的月亮
行走在村子里的光阴便不再匆忙

在儿子送给我的平板电脑里
藕塘村的事物脉络分明却不再生长
我和我的弟弟已经远离藕塘村

这是泥土里的父亲期望但又无法享受的结局

老屋里只留下妹妹、妹夫

石磨边上，月季花、山茶花、桂花到点就开

静静地开，大方地开

它们在旷野的风里吧嗒着一杯又一杯

龙门阵的酱香

梦里的藕塘村醉了，声音有些哽咽：

请不要忘记我的真名姓

二〇二四年六月二日

蔬菜歌（组诗）

韭菜

长生草、起阳草、草钟……
一个名字就是一道希望
哪怕唤作懒人
也是极简生活的一种标配
冷也罢，凉也罢
寒也好，热也好
只要依存土地
即使遭遇刀锋的锐利
生长也会前赴后继

当凄苦的路途遇见少年的光
夜雨里的春韭吟出千古绝唱

茄子

炒、烧、蒸、煮

油炸、凉拌、做汤

"人间七法"叫你脱胎换骨

身披紫色袈裟

行一步,不离根之基

歇一程,不弃叶之轻

修得丝缕肉身

方成人间极品

魔芋

全身有毒

解毒要找麻婆的秘方

要用峨眉山道士的心术

至今你没有弄懂母亲的秘方

只是从土里挖出来

只是加了点儿米

只是用石磨磨了磨

只是放了点儿石灰水

只是烧了一把土柴火

一大锅软软的魔芋方块

就把你干瘦的童年肥壮起来

多少年了

母亲弯曲的身影无处找寻

只是吐出过魔芋琼浆的石磨还在

厚皮菜

你有个好听的芳名

品读"莙荙"就能品出你的洋气

但我还是习惯叫你母亲叫你的名字

那是一个多么"奢侈"的年代啊

一大把一背篼

我们把淡绿、紫红一锅一锅煮熟

一桶一桶倒进黑猪的石槽里

今天我捧着一盘豆豉回锅厚皮菜

我好似舔着儿时黑猪肉的醇香

     二〇二四年四月二十一日

想起一群麻鸭

从大姐家回来
我就开始担心那群麻鸭
它们"落草为寇"
它们被大姐收养
它们只是吃些谷子、飞虫
便长得膘肥肉壮

秋天已经瘦成一把骨头
红叶开始四处零落
如果这尘世还有谁会遭遇不测
我想下一个一定会是它们
这是一个多么可耻的念头
秋天是麻鸭最肥美的时候

二〇二〇年十月二十一日

断臂的雄鹰

我家里蹲着一只雄鹰
天天做着振翅起飞的姿势
母亲说：你看他多威武、多提神
我把他当作一尊神
供奉在客厅最明显的位置

有一天
来了场强震
我心如焚
余震还在作威
我便冲进家门
啊！我的神已断了一只手臂
我抱着断臂的神伤心欲绝
妻子拍着我的肩
要我擦亮眼睛

唉！我供奉的神

只是一件漆得光鲜的瓷品

二〇一三年四月二十六日

故乡的风

故乡的风
还是旧年的味道
只是归来的我
牙齿有些缺漏
咬不住回锅肉的蒜香
橘子满坡无言的红
老树、新树都弯下腰
马尾松干
那截干枯的枝丫
摇摇晃晃的
惊得路人
七上八下

二〇一九年十二月十五日

辑二
石的信仰披着月光

灯光是夜幕点缀的星宿
哪怕只有一小点
都是夜归人满心温暖的明亮
——《灯光是夜幕点缀的星宿》

金凤寺

一

　　石的信仰披着月光
　　沿山而上
　　路不止一条
　　条条都走向一处清静

二

　　依鸟而栖
　　一座城市的面容
　　如母亲的休憩
　　安详而又知足

三

福就在墙上
闭上眼睛
走几步
幸福的莲花便在手心绽放

四

站或卧
你都是一尊罗汉
六百年了
你始终保持一种容颜

五

天之涯
有凤尾轻绕
即使风寒草黄
希望依然生长

二〇一八年十一月十一日

张家山

多年前
你或许只是一粒沙
飞扬抑或休憩
无声无息
当你葳蕤成一座山
你依然向海而立

桫椤树
在隐秘处儿女成群
羊蹄甲
绽开一树红红的热情
三角梅
在墙壁上寂静燃烧

明德的风依旧吹

辑二　石的信仰披着月光

乐以琴的面色依然坚毅

塘里的枯荷立着一种精神

有芳香从瓦屋里飘出

星月的钟声轻敲柴门

　　　　　　二〇二三年六月六日

兰家山

一丝不动
立向天空的塔
多像一位哨兵
又站了一轮秋

一股风吹上吹下
镜子里的秋山摇摆
睡莲躁动
一对鹅引颈高歌
安逸,安逸

凡尘依旧
躺在碑上的状元们
齐声作揖
肃静,肃静

辑二　石的信仰披着月光

瑶池已瘦
成仙还是下凡
肉身打造的鹤
欲辨已无言

二〇二〇十月四日

上里古镇

山峰是一尾鱼
冬眠在深深的海

冷血的刀斧手四处游弋
失血的黄零落成泥

是谁？轻捋黄茅溪的长发
一缕青青的白在光影里轻吟

二仙桥依旧无语
依旧尘缘如镜

二〇一八年一月二十三日

泥巴山（组诗）

路

二十年了
那条穿越你的动脉依然在搏动
而且更加强劲
它也像一条河流
以清澈的水、洁白的欢笑
滋润着山野峡谷
那一缕又一缕依恋的风
那一颗又一颗归栖的心

红崖壁

在泗坪的花岗石面前
岁月是柔软的
在纯洁面前

再坚硬的石头也是包容的
那一朵朵真菌的微红
一点一点编织着
一张火红的地毯
在清风雅雨间
宣读赤诚的誓言

小杜鹃

桌山的方舟
贡嘎的金身
峨眉的秀丽
这些都是我想眺望的
但此刻我要告别平台遥远的壮丽
我已一再错过小杜鹃的灿烂
我要俯下身子
端详意外的相逢
那一朵朵细碎的微笑
那一树树紧紧的依偎
抚平一条曲折的愁肠

小黄牛

抵达一座山峰

不可能不付出汗水

邂逅一场美丽

注定不会一锤定音

在海拔三千米的泥巴山顶

一夜风雨淋湿多少希冀

你在黑夜里一声又一声呼唤

穿过帐篷的缝隙

给湿漉的梦境结上暗冰

谁为你遮挡风雨

谁为你送来粮草

当云开雾散

满山的脚印露出你的心语

你呼唤的是阳光

你吃的是草

你献出的是生命

二〇二四年五月四日

夹金山情思[①]

一

前进
我们在黄金周的魔圈上奔跑
我们要走近你
看看你的珍藏
那一串串红色的脚印

小西环线用金子铺成
她像条美女蛇
缠得你伤痕满身

[①] 夹金山位于四川省小金县达维镇以南,海拔4100余米,山顶终年积雪,空气稀薄,道路崎岖。翻越夹金山时会出现高山反应,严重时可导致休克、晕倒,甚至死亡。1935年6月中下旬,中央红军翻越夹金山。

一坡坡绿色的草甸

遭受腰斩酷刑

我们在蛇背上战战兢兢

我们这些缺氧的城里人

会不会引发一场暴风雨

并不干净的躯体

会玷污你一世英名

二

山高云淡

屋塔相依

我们如倦鸟归栖

在你脚印的床里

轻轻睡去

二〇一二年十月十五日

达瓦更扎的雪

五月的风

只翻一下手掌

便把我们吹到山上

没有看到日出

邂逅一次意外

杜鹃满枝是雪

石头满头是雪

天空满身是雪

眼里是雪

话里是雪

心里是雪

我们所有的激情

升腾、凝结

化作一片片白

轻轻落下

二〇二二年五月十五日

周公山的雪

多少年了
那个漫天鹅毛的夜晚依旧清晰
古家妹夫把门板当桌
用冬不老萝卜炖汤
把黑猪腿子肉装盘
我们抱起一坛烧酒
把自己点燃
把一匹山岩点燃
把一片天空点燃

我们在飘
铺盖卷在飘
整个山峦在飘
整个天空在飘
我们狂飘下山

也没拉开缠住你腰的青衣江

多少年了
我们相对无言
那场早晚要来的雪
能否点燃我们心底的老窖
那最后一朵烈焰
　　　　　　二〇二四年一月二十二日

桢楠王

尘世与佛只隔一堵墙
你和你的兄弟隔墙相望

他依龛修长
你落尘为王

二〇一八年八月十七日

灯光是夜幕点缀的星宿

灯光是夜幕点缀的星宿

哪怕只有一小点

都是夜归人满心温暖的明亮

一只笼中的鸟

披着稀疏的星辰

与榕树的叶相望歌唱

歌声点燃一根驼背烟斗的星座

铺起一江弯曲的雾廊

当夜幕卷走行装

一座城市闪烁的星星雨

悄然打烊

人间诞生一场更亮的光

二〇二三年十二月二十六日

桃花岛

西蜀雅安,桃花岛
一场花事正在秘密酝酿

没有桃花的时候走走桃花岛
你就不会错过下一场桃花

青衣江似飘着轻柔的绸缎
她在石头拦路的地方露出淡淡的笑

几只白鹤在水一方
一边戏水一边仰望岸上雕塑的鱼

枫树没有经霜的叶子依然生动
一座城堡在金色的缝隙里摇摇晃晃

你是一尊移动的雕塑

只是在桃花的城堡面前你不再有光

二〇二三年十一月一日

雅职院运动场

云朵是波浪形的
草坪的绿还是那么新鲜
三年多了
今天第一次见面
球门的脸颊
笑落几片铁锈

有些人已经不在
有些人也许会再来
空旷的我
走进你的空旷
那空旷的自由
多么让人忧伤

二〇二三年七月一日

我是你的山寺

打破书本四月的印记
在雨城区姚桥镇金街的铜孔里
玉兰花三月就开了
开得春风一阵慌乱摇晃
还有梨花
雪白的笑容纯洁了好几座山
青衣江上那只落单的鹭鸶
是梨花飘落的一把白琵琶

人间美好、拥堵而又热闹
你急着说只需要一点火星
你就会红透一片天
我是你的山寺
我以红墙、赤壁
守候我们铁色的约定

我用一山一寺的空白

迎接你四月的第一次燃烧

　　　　　　　二〇二四年三月七日

龙门镇剪影

夏风

梳理一缕缕乐曲

一田田秧苗

扬起水灵灵的青春

她们钟情的绿

抚慰一幢幢伤筋动骨的房子

喷出过黑烟和巨石的纱帽山

此刻温顺如一头归栖的牛

山脚牵手平淡与高度

一位从旌湖来的老知青

与一群头上堆着雪的乡亲

燃烧出四十年前那股如牛犊的激情

他们要在这个金秋来临之前

用钢筋和混凝土再一次扎紧爱情

黄昏的帷幕眨巴着几颗星星

玉溪河炫动人间天堂的倩影

二〇一三年九月十八日

青衣江的黄昏

一幅水粉画铺开
北纬三十度神秘丛生
女娲的玉体若隐若现
一只熊猫从江里冒出来
骑上童年的小木马
黄昏的金皇冠
点亮镜片的球面焦点

鸬鹚收起雄健的翅膀
鸳鸯双双依偎在枝丫上
青衣江温情的怀抱
停靠多少北方飞来的希望

几颗星星在黑色的画布上挤弄
雪白乖巧的小脸

周公山是一位寡言的父亲

用粗壮的手臂呵护着雅鱼

以及蹲守在弹丸岛上的骨顶鸡

乌黑的网越收越紧

北纬三十度秘境险象环生

一只说不出名字的小鸟

一个猛子扎破《水经注》漏记的神秘

二〇二四年一月三十日

上坝路邮亭

早晨路过上坝路邮亭

亭边凳子上

她俩手拉着手

在这个只有两度的大缸子里

她们的嘴冒着热气

手也冒着热气

她们的嘴巴吐出浓浓的乡音

她们扫完了一条街的落叶

此刻享受着片刻的安静

上坝路邮亭

多像故乡的老屋

它不单安顿了两个单薄的乡亲

还把从雾霭中走出的我

这满身的病根

紧紧捂在手心里

二〇二三年十二月二十四日

上坝路包子铺

这个早晨
我去上坝路新开的包子铺吃肉包
酱肉包、鲜肉包、香菇包、笋子包
好多,好香啊

这些年
上坝路的包子铺开了一家又一家
关了一家又一家
那刁家包子
锅贴脆香,莲米稀饭软糯
刁老板的象棋下得好
他说包包子就是下棋
下棋就是包包子
包着,下着
缺嘴的刁老板突然不见了

我生怕明天早上吃不到了

我一口气吃了八个

在上坝路包子铺

二〇二三年的这个最冷的早晨

我过得无比温暖又无比担心

　　　　　　二〇二三年十二月十七日

进山记

离开上坝路的钢筋水泥

来到周公山龙溪

翠竹纤纤

清溪潺潺

水墨画里走出一位老人

他赤背背柴下山

"笑着、哼着,山就走完了。"

他说他八十有一

还有个百岁的哥哥在山顶

龙溪的黄昏可餐

不远处的牛心山

音乐石梯柔音似水

一位八十岁的婆婆

牵着夕阳走过稻田

这是一天中最美的时辰

夜的染坊开始织染

我笑着、哼着

隐入水墨深处

二〇二四年七月五日

雅鱼塔

这下可好
你隐秘游弋在周公河里的身子
人人都可以看到
嘴含明珠
五光十色
花枝招展
只有风知道
你的孤独是无边的
只有雨知道
你的干渴是竖立着的

两只鸬鹚在夜色里
扎着猛子
她们打破风平浪静
想取走你水下的密本

二〇二四年九月六日

在雅安飞仙关

飞仙关
三个陡峭的字
是三座不可逾越的孤峰
肉身不分东西南北
只能躬身从罅隙处通过
水,柔克一切的水
从断崖深处撕出
一条绵长的纱布
包扎青天与大地的伤口
护养出一条叫青衣的江
六时的雨下了千年
淋不湿漏阁的柱瓦
吹过唐宋清风的石头
虎踞在大千的画里仰望明月
一只清瘦的花脚蚊

在一片秋叶上吹奏低沉的号角

悬崖上怀孕的冬瓜静坐

生锈的飞仙渡

仰望车轮飞旋的动脉

在峭壁的菜畦里

青菜连成的一张绿色地毯

迎风铺展

二〇二四年十月二十日

辑三
我有一双明亮的眼睛

在冰冷的冬夜
那赤裸的歌声
是人间最暖和的灶膛
——《卖肉匠》

开往春天的小火车

等待是一场修行
等待一场风
或许会闻到一缕甜蜜的花香
等待一场雨
或许会捧出一道清新的彩虹

雪还在下
一辆开往春天的小火车
满头顶着雪
蛰伏在宣传画报上

一些脚步从未停息
即使在原地打滑
他们仍在冰雪里踏出深深的脚印
为下一场出发打底

二〇二四年一月七日

老同学

一

九月的阳光滑过千年桢楠的枝干

洒落在月华山坚硬的条石上

一九八七年秋,一群满身泥土的娃娃

从月华山一排雪白的砖房里出发

开始新的征程

他们瘦削的身影跨过棂星门

像一只只风筝起飞

没入浩瀚无垠的天空

即便沾染风尘

面目全非

纵使折断翅膀

遍体伤痕

那一层层青春的红晕

始终流淌在他们的动脉里

二

"高豆花"
这是同学们给他起的绰号
他是个博士
同学们还习惯性地叫他高博
他归来时两鬓闪着霜花
他发动群众找个打羽毛球的拍档
直到他假期满了
他只能一个人孤芳自赏
他说他父亲两年前走了
他母亲八十四岁还能自理
他只能请假回来看看
明年他姐姐就从合肥退休回来了
回到月华山下母亲身边
他说他工龄短
他说他还会回来
他轻轻地说

脸上露出一丝淡淡的忧伤

三

"如果一个人喜欢诗
那他一定是可以交往的"
当羽毛球场的硝烟散尽
恢同学发的视频生发新的诗意
这是三十七年后的九月了
风里飘浮着八月高温的残屑
初秋的赛场友谊遭遇胜负抉择
场上场下都能欢声笑语
那一定是心怀诗和远方
心心相印的同学
即便身处天涯
也会赶来圆满一场心灵的交融
这是诗意在九月的瓜熟蒂落
看吧，遂同学在金秋里婀娜的身影
你怎么也猜不到她是研究光纤通信的
平扣、跳扣、斜杀、直杀

维同学在网前如此敏捷

你丝毫想不到她是温柔的自动控制专家

"三星洞里得神技,傲视三界任君行"

教授物理的琼同学谈起长短句

她的一片痴情恰似一朵绵长的秋韵

四

眼睛的模糊

脚步的疲乏

冰消云散

在蒙阳镇广场巷二号

俊星眼镜店以及

一辆三轮车的轮毂

扶起一角烟云的清瘦

硬骨交融欢笑

透射出世界的清明与动力

三十年了

俊同学用蜱虫叮咬过的信念

演绎食品科学的缜密

亦如裴同学的茶都包子

点燃一家三口光明的星星

在蒙顶山茶的一杯清淡里深情守望

那条窄巷里沉默的水车

蒋同学披着星辰的三轮

碾过风雨飘摇

以及每一个平静如水的日子

二〇二四年九月八日

盲琴师

只需要两元钱
你就可以弹唱
夜幕没有底线
到处涂黑
你始终端坐迎接
每一次低微而又高贵的出场

一个往东,一个往西
一个在天,一个在地
我有一双明亮的眼睛
却得到你夜中投射的明亮

二〇二四年十二月九日

卖肉匠

暮色包围菜市场
收起三尺铁钩
藏起两把砍刀
支起巴掌屏幕
唱起心中歌谣

在冰冷的冬夜
那赤裸的歌声
是人间最暖和的灶膛

二〇二三年十二月九日

不变

每天早上七点

我家门口的垃圾袋

都会被她提走

铁打的规律

二十多年了

不曾改变

我却不知道她的名字

二十多年了

我已是满头白雪

而她的笑容依然年轻

年轻是道难解的命题

结果却是如此简单、干净

有些人离你很近却又无比高远

她不曾需要你什么

却在你生活里又无比重要

二〇二三年七月八日

石厢子

一

喜鹊的欢愉
是一串绿色的露珠
滴落到山峰的乳尖上

月亮皎洁了一夜
没有一丝倦意
娴静在军号的嘹亮里

我们沉醉
满载一船纤歌
朝下一个渡口行进

二

一九三五年二月之初
一支从遵义上来的队伍
在石厢子促膝交谈
满山雪皑哟
他们的胸膛敞亮如雪
他们的拳头紧紧抵在一起
他们从此迈开了春天的步伐

石厢子，你冰冷的名字从此温暖起来
你喂养了千年的雄鸡
从此不单叫鸣了三省，还响彻了整个东方

三

战友
你们走吧
我已不能与你们同行

我只能请这二月

还带些寒意的风

吹拂你们继续前进

战友

你们放心走吧

乡亲们已经发现倚树的我

把我藏得好好的

天空那只万恶的秃鹫

岂能发现我的踪影

战友

我们庆祝吧

我们一同走过的路

已经没有泥泞

看吧,荆棘花一路开放

多么年轻坚定

二〇二一年三月三十一日至四月五日

今夜,跑来一群人①

今夜,我心如焚

在一个挤满朽木的棚子里

我在等着一群人

此刻,他们正从千里之外疾驰而来

而黑色的夜幕

突然响起一阵巨大的声响

一柱柱黑雨

像一柄柄重剑

刺向一堆堆废墟、帐篷

刺中一颗颗伤痕累累的心

---

① 2013年4月23日夜,四川省住建厅、省水协,沈阳水协冒着大雨为震中雅安市芦山县送来两台每天可供5万人饮水需要的应急供水车。

今夜，我心温暖

六十多个兄弟姐妹

从沈阳跑来

从绵阳跑来

从成都跑来

他们的影子

从天边的小点

奔进我的视线

变得越来越澄明、高大

他们从飞石中穿过

从泥泞中跑来

在重剑的一次次点杀中

屹立如汉代的雕刻

今夜，我心光亮

让我用激动的泪水为他们洗涤尘土

停车，立队，出发

他们来不及摆脱疲惫的纠缠

就如一支支离弦的箭

冲向街头、河边

他们为这座悲怆的城市

送来清澈的慰藉

二〇一三年四月二十六日

时间爬过斑马线

时间爬过斑马线
斜躺在修车铺的木椅上
打着呼噜

叮——叮
当——当
儿子用扳手
独奏一首锈迹斑斑的曲子
曲子就一种调子
不管这座小城如何多雨
如何发烫
只要路人吩咐
曲子便不会休止

儿子的母亲

七十多个年轮的枯瘦

总在晌午前

燃起一缕炊烟

一碗饭、两碟菜

是母亲每天简单而又神圣的工作

它们温顺地坐在篮子里

绕过几条街

在儿子的口中绽满芳香

二〇一六年八月二日

驿马河[1]

多有家的味道哟

在驿马河边

初冬浅浅的行囊里

冒出几串雪白芦苇花的呼喊

春秋有茶

春秋有茶

茶苑的平行世界里

白天和黑夜交替打更

有青铜打坐

两只眼睛一直亮着

多少脚步走进来

又悄悄离开

二〇二三年十一月二十五日

---

[1] 巴金文学院位于成都市龙泉驿区驿马河边。

给你，秃鹫

受伤的你
在远离你搏击的空域
迫降

一顿五公斤肉
你吃得膘肥肉壮
你从此不再飞翔

伤痕
可以让你卧薪尝胆
也可以让你从此沦丧

二〇一九年五月三十一日

守岁

硝烟在乡下的天空散尽
城市已经空寂
你围着一堆记忆取暖

不需要大声说教
也不需要低头轻语
你只需把自己舒展开来

如果想喊,那就像一枚鞭炮一样脆脆地喊吧
如果不想说,那就像一炷香一样默默无语吧
你的世界不需要太大,也不需要太远
你的世界敞开在你的手心里

城市已经空寂

谁在你温暖的手心里

轻轻睡去

二〇一九年二月八日

给谢幕的你

天凉好个秋

或许是因了枝头的灿烂

枝头的灿烂

不会久历风雨

随风飘散吧

让我用一生的精力

珍藏一地的书签

二〇一六年十一月二十二日

花岗石板

二〇〇八年汶川那场地动山摇
你毫发未损
二〇一三年芦山那场强震
你安然无恙
芝麻大的事就不说了
这么多年你陪我经历了什么
燃尽父亲那筐烟叶也说不清
但这次，泸定这场震
躺在厨房里的你裂开了
三道深深的伤痕
仿佛安宁河谷那三条断裂带
冒出的阴森剑气
摸着你黑硬的身体
我忍不住满眼泪光
何处把你安放？

二〇二二年九月七日

位置

星星有星星的位置
月亮有月亮的位置
地球有地球的位置
太阳有太阳的位置
银河有银河的位置
宇宙有宇宙的位置

小草有小草的位置
花朵有花朵的位置
大树有大树的位置
森林有森林的位置
江河有江河的位置
大海有大海的位置

你有你的位置

我有我的位置

只要有你的位置

我可以没有我的位置

你的位置再小

在我的心里也是最大

我的位置满是你的位置

你的位置没有一眼我的位置

二〇二四年一月三十一日

消息

这个冬天不太冷
冷消息却不断传来
同学的妻子得卵巢癌了
他们准备放下手中的活出去消遣
农历大年还没到
宾馆的价格涨了三倍
侄儿打来电话求援
帮完成他的销售任务
弟弟昨晚说的一个消息
冷得我一夜未眠
他家那个三尺铺面
接连几天无人进店
倒是二姐家的散酒好卖
几口烧酒下肚
铁冷的心肠都会燃烧起来

二〇二四年二月三日

雨

毫无征兆
一场雨匆匆而来
穿过天空无尽的苍茫
夏天酷热的皮肤
一张巨大的黑色面罩
音符跳动
大大小小的珍珠
实证存在和虚无
看不到边的夜色
上演一场深奥的逻辑辩论

二〇二四年六月三十日夜

木茶盘

接水浇草的时候

不小心碰了下花钵底盘

一只黄蜂飞出来

蜇了我的手背

它曾经光鲜、平直

在客厅里品茶论道

服水、拜水

弯翘变形后躺在楼顶

当作花钵的底盘

虚空的底边

蜂窝安营扎寨

在风雨不定的地方

它不再上善若水

而是悬挂不容侵犯的刺

二〇二四年七月一日

一场意外

一则新闻撕痛多少人心
"一辆公交车失控冲进路边人群"
就差几步了
六个家长将踏上回程
五个学生会走进校园
但十一个鲜活的生命
戛然躺在须昌路丁字路口

说不清意外什么时候会发生
酷热的天气让人无比绝望
趁上班还来得及
我赶紧多吃了一块老面馒头

二〇二四年九月四日

给

二〇二四年十月一日晚
你突然停止了心跳

多么迷幻的夜啊
一条江才开始盛装出场
而你瞬间冰冷了热情

还记得在黄浦江吧
你如月沉静的笑容
一路绽放
风中荡漾的客家密码
飘落在青衣江上散作几朵浪花

母亲在病房里衰竭的心房
还有两个孩子柔弱的肩膀

你再也抚摸不到了
只留下你妻子一个人
填补每一个空白的日子

多么大的一个空白啊
你用细小的方块字去填写
每一格虚空
那么顽强、那么自信、那么多年
直到你冷却为一块墓碑

二〇二四年十月三日

阳光正好

阳光正好,我打开所有的窗户
铺开所有的垫子
把你留下的每一句话
每一丝气息
每一个影子
都晒一晒
让它们再干一些
储藏得久一点
不管什么时候
都可以拿出来
就着那壶老酒慢品

阳光正好,我把自己也理一理
步子是不是慢了
头发是不是长了

眼睛是不是进了沙子

阳光正好,我突然有些忧郁
我已满头霜雪
你什么时候再来

二〇二四年十月十六日

辑四
在你面前我的泪水全无

你朝着未知出发
你经过大地的虚空
经过天空的虚空
你把虚空的你交给虚空
今夜,在旅顺港的静谧里
你虚空成一粒枕着夜曲的沙
——《你是一粒枕着夜曲的沙》

涠洲岛

一

大海之大
容得下山川、河流
却容不下内心赤热的爆发
一万年了
岛屿的喇叭依然开着
一些无名的草芥
在海枯石烂处铺展开来
夏天的伤疤隐入一片绿荫

二

"不要带甜食进来,否则蚂蚁会进房间。"
一座岛屿,其实就是一个蚂蚁的王国

游船是蚂蚁

房子是蚂蚁

观光车是蚂蚁

一座岛屿就是一团甜食

蚂蚁无比忙碌

三

天空的蔚蓝

让人绝望

大海的深蓝

使人忧伤

看那朵细碎的浪花吧

一次次铁色的阻挡

一次次洁白的微笑

一次次粗野的搁浅

一次次意外的收获

一朵浪花的世界

离你又近又无比遥远

二〇二三年八月十九日

在涠洲岛我有个愿望

剪着光光的头
短袖、短裤
黑黑的皮肤
他要是不开口
我怎么也想不到
在涠洲岛
居然有个四川老乡开观光车
他对我们说
想到哪儿
打个招呼就行

其实我想拜托他一件事
能不能给我介绍下码头
我也想开开观光车
天天行走在

这片年轻的火山岛上

吹凉爽的风

嚼着脆响的皮皮虾

看海日浮沉

看星星闪烁

如果不行

做朵蓝蓝的浪花也好

天天把贝壳送上沙滩

二〇二三年八月十八日

登华山记

华山的险在山口有无声的提示
几栋民房蹲在东山口打盹
一个退伍老军人拉我入住
一百二十元一宿安睡
十五元一顿玉米早点
我登山的勇气自此汇入丹田

"妈妈,走得太慢了。"
一个三岁小女孩嘟着嘴一路在前
她的脸蛋绯红像岩缝里伸出的那朵野蔷薇
石头花忘记所有的疲惫
在华山如霜的剑气里开出洁白一片
"爸爸,别走太急,我还要看日落。"
一位戎装儿童剑走五峰
长空栈道涌动青春的笑脸

我不相信韩愈先生会大哭投书
苍龙岭石头上的书写只是笑谈
一个句子在登顶后发生质变
"事非经过不知难。"
在玉泉院的池子里
自古华山的秘密若隐若现

二〇二四年六月十日

南山时光

晨鸟翻越南山晦涩的清静
一块巨大的蛋黄从山顶冒出

一只黑狗追逐蛋黄跑上山
一条绿色围巾把山城缠得温柔起来

迷幻的柱子以及夜宴的芳香
被一张旷世的白网捕获
山体深处残磷躁动

轮子抵达的美好难以持久
东水门大桥在脚步声里泛出红晕
南山归隐的石屋飘来几声鸟鸣

二〇二四年二月十六日

世界漂浮着不可预知

在树巅上飞
在草坪上飞
在美人梅花骨朵间飞
铁篱笆上流动的警句
是一次次准点出行的护卫
即便一朵云也没有
即便无枝可栖
即便无可预知
空旷里依然掠过雄壮的歌声

多么忙碌的一天啊
一个巨大的康复中心
阳光在蓝色的海洋里输送补给
一块快要苏醒过来的草坪上
挤满孩童们轻盈的笑声

你飞着一无所知

世界漂浮着不可预知

你默默仰望着

一只大鸟的第一次飞行

二〇二四年二月十日

雪印

下雪了
天气预报很准
我也很准
早早出来看雪

雪落在雨城区上坝路
细细的、碎碎的

雪落在经开区滨河东路
碎碎的、细细的

很多年了
城里和城外的雪
刚落在地上便不见了
一头霜雪的我

常常想起故乡

那一场准时的鹅毛大雪

那一串雪地里深深的脚印

二〇二四年一月二十五日

四姑娘山的水

沙棘是水喂养出来的
草原是水滋润出来的
布达拉峰是水支撑起来的
四姑娘山的阳光成了瀑布
披着瀑布的牧房无比宁静
雾水里的经幡颜色如新
看不到边的空旷里的飘扬
是疲惫抑或迷途的路标

当无尽的水汇合到一起
河流便应运而生
一种冒险悄然而来
我们漂浮着无所顾忌
我们变得无比柔韧

一路下行

河流的梦想越走越宽

二〇二四年六月十六日

双桥沟

五色山

鹰嘴岩

布达拉

双桥沟的山峰

座座有名

座座佩刀

那些沙棘树

在海拔三千多米的寒气里

挂出酸涩的果子

即便被囚禁在水中

他们仍保持站立的姿势

扬出嗖嗖剑气

多少年了

几块沙砾依旧守在山坡

它们是冰川遗失的孩子

风吹了

雨淋了

它们没吐露一丝秘密

二〇一九年八月十四日

米亚罗有些羞涩

宾馆肩挨着肩
它们正伸长脖子
恭候各路猎艳大军

但此时的米亚罗
还显得有些羞涩
它只从深闺里
露出几片嫩嫩的红

我仰慕已久的米亚罗呀
远道而来的我
是否惊扰了你的深闺梦
请不要打落那只低旋的鹰
它亦如我
只是想看看你爱情的烈度

二〇一七年九月三十日

塔公草原

向你而行

满载速度与激情

弟弟那　车没有限速的热情

几乎蒸发掉我对一片柔软的渴望

当我看到在深邃的蔚蓝上打卡的苍鹰

在望不到边的嫩绿里沐浴的骏马

我忍不住两眼滴泪

亲爱的塔公草原

你多像离开我多年的母亲

包容我的毛病

亦如你包容那只黑黑的猪

在草丛里拱出黑黑的洞

二〇二三年十二月二十一日

蜀南心事绿成海

——给远足的你

蜀南

有一芽心事

在这个春天

向天空无限生长

蜀南的心事悠长

悠长的心事

漫延成海

看海

不一定要东临碣石

一群从碣石来的孩子

在蜀南绿色的海风里飞翔

蜀南笑了

蜀南成了看风景的人

有人晴照蜀南的梦

二〇一八年五月五日

这一刻

海洋穿越多少混沌

抵达天空

天空织染多少云朵

铺成海洋

这一刻

一切辽阔

一切深邃

遥不可及

又无比接近

二〇二三年七月八日晨

乡音如粟

天府机场里
我搭乘一只凤凰神鸟
启动向海的飞翔
海边有什么
蓝色？宽广？
浪花？飞鱼？
不，不是的
老伙计，只是因为你
一只孤雁的叮咛
我把你故乡的山水托运过来
和你一起下酒
你泪如雨下
你颠三倒四地说
沧海如幕
乡音如粟

二〇二四年六月二十九日

雪,我又一次看到你的身影

寒冷时
我又一次
看到你的身影

就这么近
就这么近
你分明张开双臂
我却不能邀你同行
旋转的车轮
碾碎的不是零落的泪
是我对你期待的心

寒冷时
我又一次
看到你的身影

就这么远

就这么远

我伸手就可以触摸到你战栗的心

但我怎么也打不破这扇薄薄的窗玻璃

我只能痴痴地看着你

幽怨地飘飞

在这孤单的山顶

寒冷时

我又一次

看到你的身影

就这样离去

就这样离去

浓雾合起灰衣

但我还是望见

你在山顶

织的一顶真情

寒冷时

我又一次

看到你的身影

　　　　　　二〇〇九年十月十九日

出发

"大家好,我出发啦!"
"我正在找充电桩,请大家不要挡住我的区域。"

在南宁云景路

我左找右看

才找到一家米粉店

一件简单的事

对外地人来说

就是这么难

谁叫你起得这么早呢

记忆还是昨天的杯盘狼藉

新的一天是一个洗好的空盘子

翠芦莉并不只是涠洲岛专有

只要有干旱、湿热

就会有翠芦莉蓝紫的微笑

你不奢望

一朵蓝紫色的身影在角落里转身

稍待你就会从这个冰冷的城市消失

宾馆里机器人的声音无比曼妙

你也学学东施效颦

"大家好,我出发了!"

"我没有充电桩,请不要影响我的归途。"

二〇二三年八月二十日

你是一片海

你相信吗
给我一万个理由
我也走不出那个黄昏

脚边的海辽阔而又渺小
你的纤巧是一片海
如风拂面
神秘幽深

多年以后
你的海还装在我心里
只是一片沉默

二〇一九年四月二十日

渡过海不过是扬起一张网

情到深处
天涯有路
渡过海
不过是扬起一张网

不必担心
几只星眼的窥探
他们就像是充满好奇的小朋友
藏在黄昏的裙摆里嬉戏
还有一些无名的影子
是灯光铺开的素描
惊飞一窝鸟

风是母亲的手
温暖而又绵长

轻拂岸的额头

一城灰白的面容

红晕泛开来

二〇一九年四月十六日

蚂蚁

薄刃的苍龙岭
回荡着韩退之的哭
刻着赵文备的笑
一只李柏养过的蚂蚁
不哭也不笑
它扛着它死去的兄弟
一点一点往前移

在苍龙岭的薄刃上
我忍不住哭了
哭给那只蚂蚁的
它没有听见我的哭
它也没有时间听我哭
它扛着它死去的兄弟往前走
在一块峭壁上消失

二〇二四年七月三日

你是一粒枕着夜曲的沙

昨晚，黑布覆盖一座城市的尺寸
今天，阳光灼烧楼顶绣球的时间
你都可以用你的脚步测量出来
此刻你陪伴一只鸟在飞
三小时的飞翔短暂而又漫长
你无法预知这一成不变的振翅
穿过多少雨滴抑或彤云

多少次了
你朝着未知出发
你经过大地的虚空
经过天空的虚空
你把虚空的你交给虚空
今夜，在旅顺港的静谧里
你虚空成一粒枕着夜曲的沙

二〇二四年八月一日

布鲁维斯号

秋天里

黄海上

满心期望的你

本要去龙眼港修身

遇到"南玛都"

你庞大的身躯轰然搁浅

你的形体

你离岸的距离

你歪斜的姿势

恰好构成成山镇海域

一道美丽风景

当意外成为网红

清除一脚沙也会付出代价

二〇二四年八月六日

在你面前我的泪水全无

渤海、黄海天际的会晤

漫长而又淡漠

成山头千年的秦汉雄风

在天尽头那块石头上凝固

我夜以继日策马扬鞭

戛然搁浅在刘公岛苍茫的滩涂上

一八九五年是多么悲壮的一次陷落啊

至今那片海水都是咸的

一九五〇年一条渔船的租借

拉开一场铁血梦境的序幕

我是一滴迟到的雾珠

在你面前我无比忧伤

我的泪水全无

二〇二四年八月十七日

遇见

在渤海

在黄海

在泰山

风景没有变

变的是人群

而在济南大明湖

你说从来没有这么热过

温度比天气预报说的还高

也从来没有这么冷过

你的三套公寓没有人来租

你说你喜欢四川农民工

他们踏实能干、一人抵三人

你把房子卖了给川人工资

你脱掉老总的衣服

当起了网约车司机

我是一个坐你的网约车出行的川人

此刻我很着急

我的游伴已到达遥墙机场

     二〇二四年八月二十七日中午

为海鸥而作

你飞过无尽的天空

但你从未飞越

始皇庙的一片瓦

你用你的起飞宣告

敬畏始终始于脚下

只要还有一双翅膀

就没有不可以抵达的远方

两千年的秦汉古韵

其实早已从海边生发

只是那无尽的湛蓝

迷幻了坐看云起的眼睛

抛锚还是启航

好运还是迷离

不靠那双空白的手掌

二〇二四年八月三十日

辑五
我的梦一池涟漪

你等着
懂你的人在来的路上
你要和他一起开
——《桂花》

春天里(组诗)

昨夜雷

夜已鼾睡
你突然大喊了一声
春天来啦
接着便洒下一阵激动的泪水

多少年没有听到了
你在黑夜里不请自来
让我措手不及
我的梦从此一池涟漪

山茶花

等待是漫长的

从上到下

从左至右

从前到后

我抓拍了一万次

都没有捕捉到你火热的绽放

一场雨后

你开了

只有一朵

一边开一边嘟囔

这铁盆子把人憋得好死

大黄蜂

不要再趴在玻璃上了

我忍不住提醒你

你是找不到飞出去的路了吧

我打开所有能开的窗户

还有那扇厚厚的门

对不起

你轻轻对我说

不要出去

隔着玻璃看到的春天

更神秘

保洁工

淡淡的面容

淡淡的工装

轻轻地、悄悄地

你把每一个旧的日子扫成新的

在这清明假日

你不用来回擦亮走廊了吧

大楼那么静

春光那么好

随便扫扫就好

"鸳鸯双栖蝶双飞……"

你天籁般的歌声

是空旷大楼里的一串春雷

你淡去的影子

是春风里飘去的一朵白辛夷

二〇二四年四月五日

面对春天的信誉

春天沿着一条羊肠小道走过来
火星在林子里乱窜
楼顶上的木板肯定不会燃起来
但我知道它们已经心急如焚
像蝼蚁小的缝隙多了会燎原成灾

梨花、山茶花都开了
月季也冒出骨朵儿了
最是铁框里的青草
一帘幽梦铺展开来
鸟儿声急
观春的人儿何处倚栏杆

师傅说：小心雨水渗进缝隙
好吧，不要辜负了大好春光

给木板、楼顶的所有缝隙

还有我这一身破绽

一次性上层防腐漆

这是我面对春天的唯一信誉

二〇二四年四月

谷雨来了

真是春天最后一个节气吗
你有点儿急躁了
在窗外哗啦啦哭喊
还把液体洒进墙体

窗台上那只入侵的甲壳虫
再也退不回去了
它多像青春时你苦涩的理想
永远在心里飘着干瘪的影子

天气预报说还有一次断崖式降温
还是先把空调修理下吧
你熬得过最冷的冬天
而你扛不住热

二〇二三年四月二十日

给我一滴雨

天空的深遥不可及
天空的寂千古难诉
给我一滴雨吧
一滴雨
轻如羽
却可以量出天地的距离

黑夜的幕密不透风
黑夜的城坚不可摧
给我一点儿火星吧
一点儿火星
小如豆
就可以揭开黑夜的隐秘

二〇一九年二月二十三日

楼顶上

"鸟开始叫的时候,一天才真正开始。"
太阳依旧从山顶的缺口露出来
一条雪白的纱巾在黛色山腰间飘摇
这些都被一座凉亭尽收眼底

月季站在塑料盆子里吐纳
一朵雪白的告别单薄而又干瘦
百香果的荷尔蒙滴在叶子上
一只蚂蚁循声攀上新发的枝条
退也不是,进也不是
它后悔悬在一个无比庞大的深渊里
山茶树放慢生长的速度
把最后最小的一朵红献给记忆里的晚春

你只管看书、品茶、饮酒

"寂静里我也会生长。"
绿的,紫的,红的……
无限风光在多肉

　　　　　　二〇二四年五月十二日

百香果

邻居在楼上种的百香果熟了

送了我一篮

邻居从海南带回金黄的百香果

分给我一篮奇异的香甜

我在楼顶也种了棵百香果

我用海南的火热看护

它今年开花了

即使凋谢了,花瓣还盖着果实

光顾的蚂蚁太多

飞来的鸟儿不少

它们的热情盖过我的火热

我开始担心这个秋天的分享

除了送给蚂蚁、鸟儿的

我无法预计会送多少给邻居

二〇二四年五月二十一日

蜡梅落

一朵、两朵、三朵……
一朵朵金黄落下来
是不是院坝里那棵失踪的蜡梅
在他乡的开放无从考证
一棵木樨在你失踪的地方越长越高

我已迷路多时
你的飘落对我是一种治愈
我合上书本
仔细听你
在书桌上
每一朵清香的提示

二〇二四年一月十五日

满天星

此刻,你离开了你的天空
我们离得很近
我不用仰望着和你对话了

杯子是空的
你是空的
空空的杯子盛着空空的你
空空的你缀着风干的星星
照亮我这栋老房子

这栋空空的房子
盛下我那么多年
而我依然是空的

二〇二三年七月二十三日

楼顶，有一场过往

楼顶，有一场过往
那株长寿花开得筋疲力尽
瘫倒在花盆里

你和我，多像一株长寿花
名字那么的响亮
却经不起几次风吹雨打

那么，就在这个一惊一乍的夏季
埋伏下去
埋伏得越久，根扎得越深
茉莉开吧
月季笑吧
一切都会归入清净

二〇二〇年五月一日

看花人有些白

院子有两棵玉兰
一棵立在院子
一棵站在楼顶
她们从不同的位置朝向相同的天空

春天的天空很深
有几声鸟叫在里面穿来穿去
一滴露水
抱着鸟的声音飞行
坠落在路面,粉身碎骨

种花人不在
天空有几片雾霾
玉兰花开得有些白
看花人有些白

二〇一九年三月十四日

端午记

今天端午
我用跑步祈安康
我跑了一小时
我越跑越怕
这个城市说小不小
我跑了三十年
也没跑出它的一条小街

我在小街上来回奔跑
卖叶儿粑的女老板看着我
瞪大了眼睛
但她的眼神很快暗下去
我想她可能是失望了
我今天有点儿反常
没有买她的酥麻叶儿粑

我今天真的有点儿反常
我跑了一个早晨
没有遇到一个跑步的人
我越跑越怕
那只矮小的黑狗朝我大吼几声
它或许以为我是个疯子吧

我想我是疯了
我得赶快跑回去
那只黑狗说不定会朝我扑过来
面对危险不能开玩笑
正如前天那个儿童节不能开玩笑一样
老婆问我干吗送她香包
是不是没有向喜欢的人送出去
我说我这一生只接触过两个香包
一次是跳杆杆舞
那位朋友帮助我拿了冠军,我得了个香包
这次我在一群嘲笑声里
第一次在大白天拿起针线
缝出一个虎面香包
我偷偷把它带回家

挂在老婆的钥匙链上
但老婆为什么不相信呢
我越想越怕

这个端午我无路可走
我像对待那辆车一样
把自己放进 4S 店保养一下

二〇二二年六月三日

新的一天

清早起来
发现老婆吃了独食
她一个人半夜爬起来看了场球赛
她说巴西又吃了荷兰剑客三粒鹅蛋
巴西球迷又哭了
比那天挨了德国战车七颗炮弹哭得惨
我不管
太阳已升起来
它比平常还要亮、还要热
我得抓紧时间吃饭
今天是星期天
我还要上班

二〇一四年七月十四日

蓝月亮

夜还没来
预言缀满天空
"超级最美,裸眼可见。"

多少年了
这浩瀚星河有多少次蓝的光临
划过你的眼睛
在你心里层层堆积
它们坚如磐石
又似水般柔弱

二〇二三年八月三日

开往春天的小火车

九月

原指望会有一轮鸡冠红

在九月的出场式上燃放

一场雨裹着无处不及的风

把九月的晨妆淋得七零八落

这样也好

我们再一次看到

预言苍白的骨

在九月的路途上

你腾空的木仓

一路收容这雨、这风、这苍白

直到你无所事事

直到九月挂满红扑扑的秋

二〇二三年九月一日

深秋

秋天沿着脚跟缠上来

苍山无措

满身羞红

一阵风赶过来

朵朵羞红

哗啦啦掉下来

二〇一八年十一月一日

冬至

轻轻地

轻轻地

一位清瘦的老人

拾起秋天的落叶

为她的孩子

熬夜缝出

一床雪白的被子

二〇〇五年十一月二十七日

空调

整整一个冬天,它没有发热

它或许认为我不过是个短暂的过客

将来的宿主也许并不怕这寂寞的冷

换个位置看会心生喜悦

我不止一次这样安慰自己

它也是个过客呢

沧海和桑田的变

我们都难以见证

大家相看两不厌就行

旷世的冷热交替

注定不会是一个常态的颠倒

旷世的冷我们已熬过

旷世的热不过是个过客

二〇二三年八月一日

记忆

一棵槐树
讲述一个惊险的故事
一座山峰
凝聚一段悲壮的历史
清风徐来
我们读槐树
我们听峰语
校园的浓荫
拂去行人的汗滴
在硝烟尘封的路口
你轻轻地挥起手臂
似水的长裙
在微风里
默默战栗

二〇〇五年十月二十八日

我们面对面交谈

我们面对面交谈

只有雨在喧闹

一朵朵神秘的花开放又闭合

开放固然令人欣喜

闭合的意义似乎更大

花瓣干枯了还包着青果

青果俯身朝下

越来越大

越来越熟

越来越靠近土地

雨越来越大

风越来越大

我的承诺摇摇欲坠

在你的一次次坠落中

我的承诺完成一次自由落体

我们空虚的交谈变得具体

把棚子搭起来

把细小的枝条扎起来

远处的山无比稳定

它和土地保持着深厚的联系

二〇二四年七月二十八日

等待一条河流经过

有些事物你想避开却无处不在
即使走到天尽头
热浪也在奔涌
这几天你躲进小楼
开始关心草坪、多肉和百香果
它们是你这段时间频繁接触的三种事物
至于钢筋、卵石和防腐木
这些热光顾过但奈何不了的事物
它们是你天天可见的铁杆朋友
它们不用关心,也会依然故我
但草坪、多肉和百香果不是
它们脱离土地悬在虚空
它们需要水,需要一条河流
一根胶管接上一个水龙头
一条细小的河流早晚通向它们

这么多年你热火上身

你离开土地太久

你满身虚空

你在等待一条河流经过

二〇二四年八月二十六日晚

黄蜻蜓

没有别处可栖息吗

楼顶新雨后

你展翅飞翔

你飞得很快

好像急着找什么

有两只飞过来

像老式的滑翔机叠着翅膀

你没有理会她们

她们很快飞走了

喝足水的草是青绿的

防腐木亮着故乡水田的月光

我头上也有些零碎的光

你不会在我头顶迫降吧

我忙不迭下降

楼底有一块绿翡翠的池塘

我希望你降落在那片荷叶上

二〇二四年九月七日

桂花

满街的翠绿熙攘
不见一朵花冒出来
有些嘀咕：不会开了
有些遗憾：错过了

你说：挺自然的
往年年年当令开
没有惊喜也没有埋怨
只是亏了那位保洁阿姨了
从早忙到黑
一条街零零落落
总有一些零落收不起来
随着风，随着水
不见了踪影

你等着

懂你的人在来的路上

你要和他一起开

二〇二四年十月一日

收藏

是天空收藏了大地
还是大地收藏了天空
有些争论难以得出结论
但你的收藏目录分明
李白的长剑
杜甫的茅屋
海子的《九月》
北岛的《回答》
你都一一编号
放进通风的仓库

是大地收藏了天空
还是天空收藏了大地
有些疑问不需要回答
那些行走的轨迹清晰

麻雀的叽喳

夜猫的哀鸣

蜻蜓的停落

大雁的南飞

太多的日常进进出出

在看不到边儿的仓库

你像一只迷途的羊

空灵的叫声在风里流浪

二〇二四年十月二日

路边的金弹子

脱离砼的灰色盘踞
在天空和大地的缝隙里
你拉出一支战队
宣告一场旷世的热的溃败

嵌着硝烟残留的弹片
金色的弹子放低骄傲的身段
携手不枯反绿的叶
挺进秋天辽阔的沙场

一束从庭院漏出的光
疲惫的面容
敷上你金黄的治愈
向四周发布秋天的口令

二〇二四年十月十一日

油桐

五月的雪已经消融
流水在晨曦的山尖凝固
泥土蜷缩在条石之下
比山还硬的,是钢筋
它们在断臂的山上种植蘑菇
一把铁锁锁住一间玻璃屋子
空空的白
你穿越栅栏摇曳的绿叶
是秋风扫荡后的幸存
伤痕低头无语
你饱满的果实
是满山光阴成熟的唯一证人
风干在岩壁上的熊猫、茶马
冷漠的脸掠过一次次零落
那钟声凝固后的另一种钟声

二〇二四年十月十三日

桂花开了

桂花开了

开在月圆之后

一样的洁白

一样的金黄

一样的香如故

桂花开了

开得传言隐身

开得三秋云薄

开得天空白了一遍

开得大地香了一遍

桂花开了

只开了三朵

一朵开在原来的枝条上

一朵开在行人的眼睛里

一朵开在上坝路 126 号

保洁林姨是一朵开不谢的银桂花

二〇二四年十月十四日